© 2024 texto Moreira de Acopiara
ilustrações Luciano Tasso

© Direitos de publicação
CORTEZ EDITORA
Rua Monte Alegre, 1074 – Perdizes
05014-001 – São Paulo – SP
Tel.: (11) 3864-0111
editorial@cortezeditora.com.br
www.cortezeditora.com.br

Fundador
José Xavier Cortez

Direção Editorial
Miriam Cortez

Assistente Editorial
Gabriela Orlando Zeppone

Preparação
Marco Haurélio

Revisão
Alexandre Ricardo da Cunha
Gabriel Machado Maretti
Tatiana Y. Tanaka Dohe

Edição de Arte
Mauricio Rindeika Seolin

Dados Internacionais de Catalogação na Publicação (CIP)
(Câmara Brasileira do Livro, SP, Brasil)

Acopiara, Moreira de
    A longa caminhada de Jamil fugindo da guerra / Moreira
de Acopiara; ilustrações Luciano Tasso. – São Paulo:
Cortez, 2024.

    ISBN 978-65-5555-470-0

    1. Imigrantes – Literatura infantojuvenil 2. Poesia –
Literatura infantojuvenil 3. Refugiados – Síria – Literatura
infantojuvenil 4. Refugiados – Literatura infantojuvenil I.
Tasso, Luciano. II. Título.

24-219444   CDD-028.5

Índices para catálogo sistemático:

1. Literatura infantil 028.5
2. Literatura infantojuvenil 028.5

Cibele Maria Dias – Bibliotecária – CRB-8/9427

Impresso no Brasil – agosto de 2024

Moreira de Acopiara

A longa caminhada de Jamil fugindo da guerra

Luciano Tasso
ilustrações

1ª edição
2024

Ao meu amigo Jamil
Este livro é dedicado.
Um homem vindo da Síria,
Cidadão refugiado...
Têm sido muitos os passos
Que no mundo ele tem dado.

Ele vivia com sua
Família perto do mar,
Numa casa simples, mas
Com vista espetacular,
Numa região bonita,
Que dá gosto até lembrar.

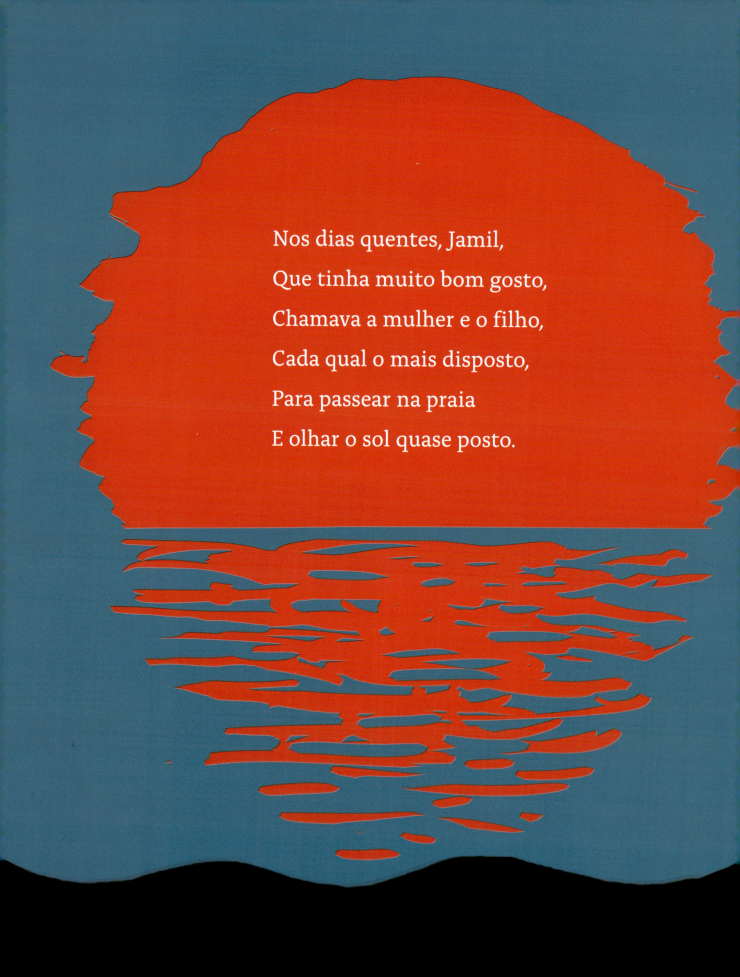

Nos dias quentes, Jamil,
Que tinha muito bom gosto,
Chamava a mulher e o filho,
Cada qual o mais disposto,
Para passear na praia
E olhar o sol quase posto.

Eles se posicionavam

Na cabeça de um pináculo,

E observavam dali

O mais bonito espetáculo.

Para os três ali não tinha

Cansaço nem obstáculo.

Mas, um dia, de repente,
Tudo se modificou:
Jamil pensou, sofreu muito,
Se desesperou, chorou
E disse: — O que faço agora,
Já que a guerra começou?

Toda guerra traz transtornos
E faz a gente sofrer.
Jamil, que era um homem bom,
Queria apenas viver.
Então, decidiu partir
Para longe, sem querer.

Deixou a mulher e o filho
Na singela companhia
De um parente, já saudoso,
Garantindo que, algum dia,
Quando a vida permitisse,
Alegre os resgataria.

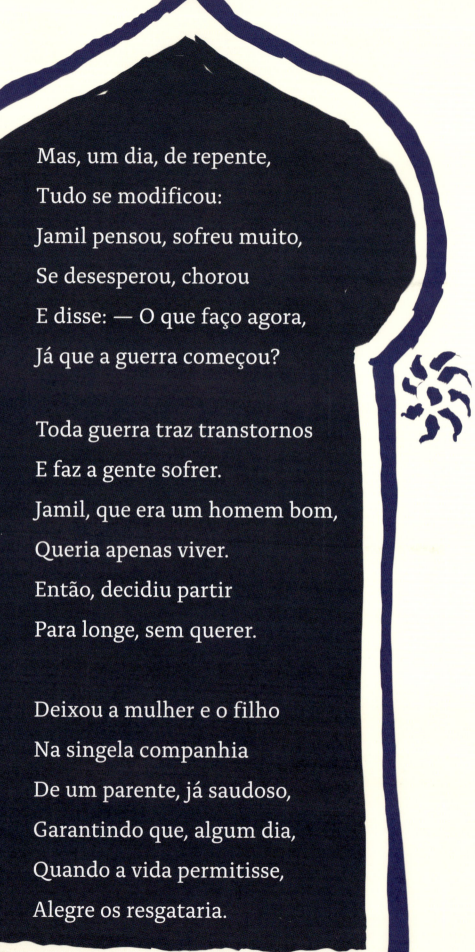

E em crises assim tão graves
Coisas ruins acontecem;
Cidades são devastadas,
Muitas famílias padecem,
Uns morrem, outros emigram,
E os que partem não esquecem.

Jamil partiu sem destino,
Tendo a alma angustiada,
Em busca de algum trabalho,
De uma vida sossegada.
Ele deixou para trás
Saudade, caos e mais nada.

Aquela guerra já tinha
Carregado sua irmã,
Além de ter destruído
Sua mãe, uma anciã,
Deixando um cenário triste
E um muito incerto amanhã.

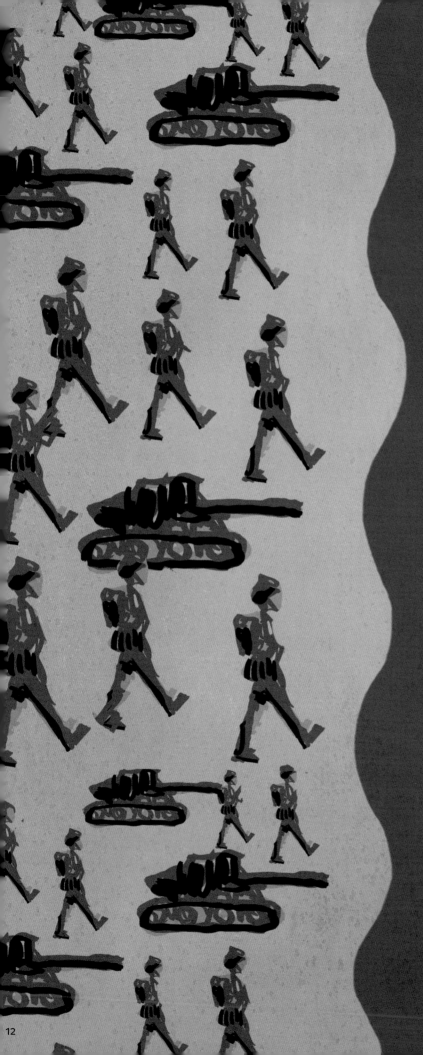

A guerra ainda deixou
Muito poluído o rio,
Muito carregado o ar,
O tempo muito sombrio.
Só de pensar nessas coisas
Dá no corpo um calafrio.

Jamil então disse: — Neste
Já devastado país
Eu não vou poder viver,
Muito menos ser feliz.
Este mundo é grande, muita
Gente que eu conheço diz.

E ele pensava: "Preciso
Viajar enquanto é cedo.
Vou procurar um lugar
Onde se viva sem medo,
Muito embora seja triste
Esse forçado degredo".

E ele imaginou: "A gente
Só encontra o que procura.
Vou construir meu caminho,
Conhecer outra cultura,
E isso será, com certeza,
Uma importante aventura".

Jamil partiu já de noite,
E ele andou por muitos dias.
Enfrentou tardes de sol,
Madrugadas muito frias,
Muitas estradas incertas,
Muitas panelas vazias.

E quanto mais ele andava,
Mais se sentia incapaz.
Muitas coisas importantes
Foram ficando pra trás,
Mas era fundamental
Seguir em busca de paz.

Depois de muitos esforços,
Jamil chegou à fronteira,
Onde avistou muita gente,
Soldados e uma barreira.
E pensou nas injustiças
Dessa vida passageira.

Disse um guarda: — Você não
Tem permissão pra cruzar.
E tem mais uma coisinha:
Aqui não pode ficar,
E quem não segue nem fica
Só tem um jeito: é voltar".

Aquela ordem severa
Deixou Jamil afobado,
Porque naquele momento
Já estava muito enfadado.
Tão cansado que não dava
Mais pra ficar acordado.

Diante das dificuldades,

Mesmo fraco, refletiu.

Viu a vastidão do mundo,

Mais uma noite caiu,

Escorou-se numa pedra,

Sentiu saudade e dormiu.

Antes de conciliar

Um sono leve e apressado,

Mas necessário, que enfim

Abrandasse o seu enfado,

Parou um pouco e lembrou-se

Da esposa e do filho amado.

Mais tarde, ouviu uns barulhos
E, ainda sem entender,
Procurou ver o que era,
Buscou se fortalecer:
Percebeu que eram uns guardas
E teve que se esconder.

Ainda zonzo, saiu
Em desmedida carreira,
Até que encontrou um homem
Segurando uma bandeira,
E que por dinheiro o fez
Atravessar a fronteira.

Mas um mar bonito e grande,
Perigoso e imponente,
Profundo e misterioso,
Estendeu-se à sua frente.
E o que fazer quando a vida
É dura e machuca a gente?

Entrou num barco precário,
Sentindo a barriga fria,
Pois o céu estava escuro,
Fazia frio e chovia.
Lentamente começou
Perigosa travessia.

Pessoas de muitos cantos
E de aventuras inglórias
Ali se acotovelavam
E imaginavam vitórias.
Para quebrar a rotina,
Contavam longas histórias.

Falavam das aventuras
Que iriam vivenciar
E dos perigos imensos,
Comuns no fundo do mar.
Tinham medo de que aquele
Barco pudesse afundar.

Contavam novas histórias
De algum distante país,
De uma terra sem fronteiras,
De um povo justo e feliz,
Com florestas verdejantes
Cheias de fadas gentis.

O sol nasceu novamente
E linda manhã se fez;
Então, Jamil avistou
A costa (primeira vez).
Abriu um sorriso grande,
Ainda com timidez.

Desembarcou numa praia,
Assustado e intranquilo,
Entrou num trem e partiu,
Contemplando tudo aquilo.
Viu muitos pássaros voando,
Que pareciam segui-lo.

Aquelas aves bonitas
Eram migrantes também.
Só que tinham liberdade
E sabiam muito bem
Que o mundo era grande e delas,
Que podiam ir além.

Ele sabia que as aves
Podiam ir e voltar,
Conhecer o mundo inteiro
E sem se preocupar,
Pois sempre teriam sombra
Onde pudessem pousar.

Jamil sonhava com um dia
Em que, como um passarinho,
Encontrasse um bom lugar
Para construir seu ninho,
Escrever bonita história,
Trilhar seguro caminho.

E olhar o filho crescendo
E o sol se pondo defronte,
Deixando comprido rastro
De beleza sobre a ponte,
Sobre a fonte, sobre a linda
Imensidão do horizonte.

Onde ninguém duvidasse,
Nem olhasse para trás,
E onde todo mundo fosse
Livre, seguro e capaz
De ajudar a construir
Um mundo de amor e paz.

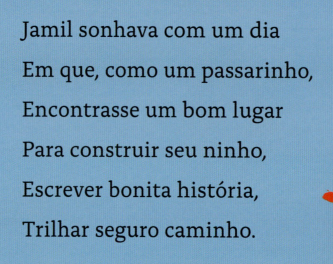